詩

11人의 시혼

夢

시문학
제17집 **시몽**

발행일	2020년 12월 30일

지은이 권동기 외 10인
펴낸이 손형국
펴낸곳 (주)북랩
편집인 선일영   **편집** 정두철, 윤성아, 최승헌, 배진용, 이예지
디자인 이현수, 김민하, 한수희, 김윤주, 허지혜   **제작** 박기성, 황동현, 구성우, 권태련
마케팅 김회란, 박진관
출판등록 2004. 12. 1(제2012-000051호)
주소 서울시 금천구 가산디지털 1로 168, 우림라이온스밸리 B동 B113~114호, C동 B101호
홈페이지 www.book.co.kr
전화번호 (02)2026-5777   **팩스** (02)2026-5747

ISBN 979-11-6299-585-8 03810 (종이책)   979-11-6299-586-5 05810 (전자책)

시 문 학
제 1 7 집

詩

11人의 시혼

夢

시몽시인협회

류심 백승훈
백암 권동기
서아 서현숙
소정 정태수
송야 김효정
아정 유연옥
죽장 장병오
천안 김영진
춘곡 김광섭
혜민 우종준
혜원 최인순

북랩 book Lab

권두시 卷頭詩

— 11人의 시혼 詩魂

세상이 온통 꽁꽁 얼어붙었다.
계절이 겨울이라 그에 따른 추위의 영향으로
탄생한 얼음으로 덮인 천지뿐이랴
예술의 혼불마저도 사그라들고 있을 뿐 아니랴

코로나19로 모든 기능이 마비되고
인류의 생존마저 위협받는 이 상황에서
한탄스러움을 넘어 끼니 걱정마저 생겨난 이 시국에
마스크로 인해 숨쉬기조차 힘들다고 아우성친다.

그러나 머잖아 전염병을 박멸할 백신이
지구촌으로 반가움으로 달려온다고 하니
그나마 숨통은 트일 것 같기도 하니
서로 놀라지 않도록 예의주시하는 것도 좋지 싶다.

이웃 간에, 국가 간에 서로의 불신보다는
서로의 소통으로 삭막한 공간을 뛰어넘을
소중한 마음을 간직하는 것도 우리의 사명이요
삶의 질을 높이는 데 한몫하리라 믿는다.

작년에 이어 올해도 끈끈한 문우의 정이 쌓여
연말의 끝자락을 잡고 제17집이라는 타이틀로
큰 획을 긋고 출판할 수 있게 되어
우리 모두의 경사가 아닌가 싶다.

올해도 아낌없는 성원으로 시몽인의 시심詩心이 모여
세계적 코로나의 위협에도 아랑곳없이
가슴에 품었던 창작시들을 쏟아내어
11人의 따뜻한 물결이 뭉쳤기에 행복하다.

내년에도 더 많은 시몽인이 어우러진 분위기 속에서
제18집이 탄생할 수 있도록 다 같이 노력해 주시길 바라며
보다 희망찬 미래를 향해 함께 나아감으로
보람 또한 크다고 자부하며

다사다난했던 이 해(2020년)를 잘 보내시고
다가오는 새해(2021년)에도 더 벅찬, 더 알찬, 더 좋은
시 창작을 끊임없이 이어주시기를 바라며
행복과 희망이 넘쳐나길 바라는 바다.

2020년 12월

회장 白巖 배상

연혁

○ 시몽 출범 '시를 꿈꾸고, 시를 가꾸고, 시를 꾸미는 시혼'(2004. 08. 28.)

○ 시몽시문예(서울사02183) 서울시청 등록(2007. 09. 11.)

○ 제01집 '16인의 시혼' 발행(2008. 09. 25.)

○ 제02집 '12인의 시혼' 발행(2009. 03. 21./12인 시인패 증정)

○ 제03집 '15인의 시혼' 발행(2009. 09. 05./05인 시인패 증정)

○ 제04집 '18인의 시혼' 발행(2010. 03. 06./09인 시인패 증정)

○ 제05집 '23인의 시혼' 발행(2010. 09. 14./09인 시인패 증정)

○ 시몽시문학(영덕사00001) 영덕군청 등록(2011. 02. 22.)

○ 제06집 '19인의 시혼' 발행(2011. 03. 12./07인 시인패 증정)

○ 제07집 '17인의 시혼' 발행(2011. 09. 24./07인 시인패 증정)

○ 제08집 '18인의 시혼' 발행(2012. 03. 17./03인 시인패 증정)

○ 제09집 '20인의 시혼' 발행(2012. 09. 01./04인 시인패 증정)

○ 제10집 '18인의 시혼' 발행(2013. 03. 23./01인 시인패 증정)

○ 제11집 '19인의 시혼' 발행(2013. 09. 07./01인 시인패 증정)

○ 제12집 '15인의 시혼' 발행(2014. 03. 15./01인 시인패 증정)

○ 제13집 '14인의 시혼' 발행(2014. 09. 20./01인 시인패 증정)

○ 제14집 '15인의 시혼' 발행(2015. 03. 21./04인 시인패 증정)

○ 제15집 '18인의 시혼' 발행(2018. 06. 22./02인 시인패 증정)

○ 제16집 '13인의 시혼' 발행(2019. 11. 30./02인 시인패 증정)

차례

류심流沁

○ **본명:** 백승훈白承勳
○ **출생:** 1961년 부산 중구
○ **거주:** 서울 강북
○ **현재:** 시몽시인협회 회원

○ **공저**
- 제10집 시몽시문학 '기다림' 외 6편(2013. 03.)
- 제11집 시몽시문학 '올엄니' 외 6편(2013. 09.)
- 제12집 시몽시문학 '겨울은' 외 7편(2014. 03.)
- 제13집 시몽시문학 '우리딸' 외 6편(2014. 09.)
- 제15집 시몽시문학 '빈자리' 외 9편(2018. 06.)
- 제16집 시몽시문학 '온종일' 외 9편(2019. 11.)

기억의 빛깔

생각의 까마득한 저편 언덕에까지 걸쳐 있는
빼곡한 경험을 토대로 곰곰이 생각해봐도
한마디로는 이야기하지 못한다.

하루하루가
깨어 있으면서
숨 쉬며 움직이던 모든 것들이
그림처럼 머릿속에 남아 있을 땐
자연스럽고 당연하던 일상
그 시절엔 생각지도 못했던 감정이었다.
자신감이 위기감으로
슬그머니 탈바꿈하던 그 언제부턴가
낙엽 모두 떨구고 맹렬한 추위 앞에
마르고 약한 가지 하나씩 차례로 떨구어 내듯
기억이 위력을 발휘하기 시작했다.
맥없이 떨어져 나가던 기억의 조각들이
안타깝고 아프기 시작하더니
삶에서 일찌감치 밀려나 있던
사소한 기억의 조각조차
이다지도 소중하게 다가오는 날이 올 줄은
미처 알지 못했던 거다.

보잘것없이 닳아서 떨어져 나간 기억도
덥수룩이 먼지 묻어 처박혀 있던 쓸쓸한 기억도
눈물겹도록 소중해지며

삶의 전부로 되돌아올 줄 몰랐다.
지나고 나니 기억들은
색깔을 고집스럽게 품고 있지도 않았던 것 같다.
투박하게, 때론 섬세하게 찍어 넣던
유화 캠퍼스의 붓 자국 같은 기억과
흙내음 가득한 손을 툭툭 털어
모락모락 김이 나는 옥수수를 들고 호호 불며
후다닥 하모니카 불고 나서는
끈적이는 흔적을 바지춤에 쓰윽 문지르던
어느 늦여름의 빛바랜 기억 따위들을
시시각각 들어오는 감정의 온도에 맞춰
스스로 투영하는 거였다.

그런 거였다.
어머니의 품이 아지랑이 피워 올리던 것도
아버지의 등이 눈부시게 빛나던 것도
나와는 상관없는 기억의 마력이었다.
좋기도 하고 불편하기도 하지만
그 조각들이 촘촘히 모여 자신만의 모습으로
영롱한 색깔을 만들어 내고 있었던 거다.
애써 구분하거나
구태여 떠올릴 것도 없는 것
무의식까지 살아 숨 쉬게 하는 것
그것은 단지 순수를 머금고
고집스럽게 내 속에 사는
나만의 기억 덕분이었다.

가을이 오고 있다

되는 대로 생긴 작은 도랑을
꼴꼴꼴 흐르는 소리에 이끌려
꼭대기로 치솟아 있던 뭉게구름이
조금씩 가라앉는다.
소리 없이 날던 잠자리 무리도
흔적을 남겨두지 않은 오후

누에고치처럼 꾸물거리던 나머지 구름도
나직한 등성이 너머 쑥 내려가고
그 사이로 소리 죽인 바람이
넌지시 지나간다.

산들거리는 고요.
직박구리 날아간 틈새로
가늘게 흔들리는 하늘
가을이 오고 있다.

류심 03
주어진 길

말없이 생각들을 꿴 밤이
물끄러미 시간을 밟는다.

혼자이고 싶었던 삶의 조각들
떨쳐버리고 싶었던 기억의 파편들
온전히 지날 수 없었던
사나운 밤과 거친 낮들

허우적대다가 진흙탕을 뚫고
궤적을 만들더니
그 몸부림이
꿈틀거리던 욕구가 튼 길을 따라
야금야금 꿈을 흩뿌려 놓았던가
이제는 차림새를 갖추고
희망을 이야기한다.

정신을 차리고 보니
그렇게 보이는 것이
네 길이라 말한다.

류심 04
밤에게

돌고 도는 게 인생이라더니
밤은 돌아도 또 밤이다.

빛에 떠밀리는 것도 아니고
구름에 가린 것도 아니면서
돌고 돌아서 그 자리로 온다.

대책 없이 수줍은 데다가
말 요령까지 쑥 빼먹어
주변머리까지 없으면서도
나머지 빛 싸라기 몇 방울에는
덜컥 쫓겨나는 밤

서럽게 흐르더니
빛을 낳아서 별을 꼽아 두고
그 하나마다 까닭 모를 여운을 품더니
설익은 그리움까지 꾸었다.

류심 05
만나는 곳

그곳이 어디인지
그 누구도 정확히 알지 못합니다.
살아 있는 자들의 온갖 추측과
제각각의 경험이 아무렇게나 놓이고
때론 자유롭게 어우러지는 곳
맥박이 멈춤으로
모든 삶이 끝난다고 여기는 사람들
생각의 위대함을 추측과 가정까지 덧붙여
한없이 부풀린 다음
정신 그 너머 어딘가에
또 다른 존재를 만들어 내는 사람들
막연한 논리나 생각 자체를 외면하는 사람들
그들 모두에게 존재하거나
존재하지 않는 곳
어떠한 형태거나 어디에 있더라도 그곳은
만나는 곳이어야 합니다.

그냥 하루만 살아내고 마는 게 아니라면
하루하루를 덧없이 죽이는 사람이 아니라면
살아가는 그 누구에게도
먼저 가신 그 누구에게는
더욱 필요한 곳일 테니까요.
인간의 흔적들이 자연스럽게 기록되고
역사로 퇴적되는 이유도
생각하지 않으므로 저절로 존재하고

언제까지라도 기억되고 싶은
이기와 열망의 처절한 산물이기 때문입니다.

인간의 간절함이 만들어 낸 곳
그렇기에 더더욱 그곳이
만나는 곳이어야 합니다.
그래야 삶의 무게를
조건 없이 덜어낼 수 있을 테니까요.
이념과 종교를 떠나
존재한다면 그저 자유로운 영혼만으로
아무런 조건 없이 공간 속에 있어야 할 단 한 곳

그곳에 먼저 간 이들이 있거나 혹은 또 갔고
간절함이 큰 이들은 죽었거나 살았어도
기댈 수 있는 유일한 곳이어야 하니까요.

류심 06

그대에게 가는 길

그리움을 품은 공간을
얼마만큼 헤치고 나아가므로
그곳에 도달할 수 있을까
추 끊어진 부표처럼
실오라기까지 모두 맡기고
기약 없이 떠밀려야 갈 수 있으려는가.

태우고 또 태워
햇살보다 눈부신 열기의 끝까지 살라
공기보다 가벼워진 재 한 톨
바람 한 점 없어도 날아갈 만큼
가벼워져야 닿을 수 있으려는가.

아쉬움과 안타까움까지
찰지게 다진 마음으로 늘리고 이어서
거미줄처럼 갈라진 가슴 메워갈 즈음에야
만날 수 있으려는가.

잡히지 않는 공간
보이지 않는 마음
그대에게 가는 길.

류심 07

어제오늘 일도 아닌데

돌아서면 보고픈 게
어제오늘 일이 아닌데
매일매일 새롭다.
두근거림이 새롭고
시큰거리는 콧잔등이 새롭고
울컥 오르는 목멤이 새롭다.

돌아서면 그리운 게
하루 이틀 일이 아닌데
떠올릴 때마다 속속들이 아리다.
그 사람의 그늘이 아리고
바삭거리는 뒷모습이 아리고
아직 열리지도 않은
그 사람과 나의 시간이 아리다.

깨어 있어서 말 못 할 아픔이여
스스로 잠들지 못하는 안타까움이여

아직 남아 있는 것 중에
거칠고 험한 것들만 걸러서
툭툭 던져두고 갔으면
불편한 조각 하나라도 우르르 쏟아주고
가벼운 걸음으로 훌훌 갔으면

시몽

어제오늘 일도 아닌데
생각하는 것만으로
바닥까지 아리다.

줄어름

태어나서는 멋모르고 살고
철들며 생각이 엮이고부터
내딛는 걸음이 편한 날이 있었을까
보이는 것이 전부가 아닌 게 삶

온전한 마음으로 살아도
구 만 리 돌밭 길
눈을 씻고 찾아봐도
세상천지 온통 가시밭길

주어진 줄에 모든 것 엮고
처음과 끝을 모두 맡겨야 하는 게
바로 인생

삶이 타고난
단 하나의 이유.

류심 09
그리움까지 사랑스럽다

세상에 변하지 않는 것은 없다.
내 심장이 영양분인 그리움도
시시때때로 모습을 바꾸며 자란다.

경제가 나라를 내팽개쳐도
몹쓸 바이러스가 세상 전체를
손아귀에 그러쥐고 뒤흔들어도
내 그리움은 아랑곳없이 쑥쑥 자란다.
자라는 것이 변화이고
크는 것이 목적이었던 것처럼

마구 자라서 그리움의 모습으로라도
하루빨리 닿고 싶다는 걸 알아차렸는지
밤낮 가리지 않고 자란다.

무모한 그리움이 그래서 더 사랑스럽다.

류심 10

당신이 있는 내일은

당신을 처음 본 날부터
내 불안과 두려움과 절망이
꼬리까지 말아쥐고 달아나 버렸던 걸 기억하시려나요.
어리둥절한 그 자리를
빼곡히 메운 건
발 빠르게 들어앉은 그리움이었다고
말하지 않았던가요.
그 녀석은 얼마나 무거웠던지
시간을 얽어매고 버티는 힘이 어지간했지요.
내일을 기다리는 하루가
자그마치 천년쯤이게 만들었어요.

그럼에도 소리도 없고 기척도 없어서
하루를 살아내기가 바람보다
쉬워졌던 것도 사실이랍니다.
외려 설레는 가슴이
몸을 둥실거리게 만들어서
종종 바닥나던 힘이 다시 차오르고
하루가 온통 두근두근 떠다녔다니까요.

시몽

아침마다 불편하던 내일도
오래된 친구인 양 되살아났지요.
어둠으로 가는 어귀서부터
덜컹거리던 심장
그 틈새까지 서성거리던 시간
당신이 있는 내일은
현기증 나는 두근거림이었으니까요.

계절 뒤에서

추위가 옵니다.
또 하나의 근심이 늘었습니다.
멀어져 가는 계절 뒤에서
새로 들어서는 계절 앞에서
당신을 위해 할 수 있는 게 고작
걱정 한 자락 드리워주는 것이어서
차마 서럽습니다.
오랜 세월이 만든 큰 더위 세 개를
힘겹게 넘겼을 당신
깎아지는 겨울 벼랑도
말없이 넘어온 당신
바람의 날을 갈며 다가오는
덩치 큰 계절 앞에서
가슴만 졸입니다.

류심 12

시간에 들다

그냥 보이는 게 아니다
살고 죽는 게
시간의 숨겨진 모습일 테니
막연히 그냥 흐르는 게 아니다
굽이도는 물살이고 바람의 깃일 테니
갖고 싶지 않은 원초적인 것
누구보다도 많이 갖고 싶은 것
힘든 시간의 무게와
거칠고 황폐한 감정의 벼랑 너머
말끔히 털어내고 선뜻 덜어내어
순수의 느낌만 살려내는 것
그것이 시간이고
참 자유가 움트는 곳이다
시간에 드는 것은 세상의 끝이고
삶을 들여다보는
감춰진 우주의 시작이다.

아버지의 강

강은
두툼한 바람을 들추고
그 밤의 어둠을 삼키며 흘렀다.
멀고 먼 어떤 땅에서
목구멍 깊이 쑤셔 넣어진 꼬챙이를 타고
꿀럭꿀럭 게워 오르고 있을
원유의 빛깔보다 매끄러운 탄력으로
아버지의 곤한 숨소리를 타고 넘어
낡은 다리로 흘러 내려갔다.
가볍게 덜컹거리는 소리
물은 배를 흔들고
배들은 각자의 소리로 덜컹 덜커덩 대답했다.
잠들지 않은 아버지의 시간

바람은 흐르고
강은 미끄러지며 뒤섞여 간다.
수십 년을 건너온
고달픈 아버지의 호흡에
어둠이 고요히 강을 덮친다.

류심 14

그곳으로

세상이 없는 곳으로
가자
어제도 없고
당연히 내일도 없는 곳
그 어떤 특별함도
아무런 의미도 없고
생각조차 떠오르지 않는 적막한 곳
존재 자체도 느끼지 못하는 곳
절대絶對 무無
극한極限의 밀도密度
완벽完璧한 허공虛空
모든 것을 돌려보낼 수 있는
생각의 너울 밖으로
가자.

생각의 무게

산다는 것이
짐이라고들 말한다.
생겨난 게 고뇌라고도 하고
관계로 엮이는 것
자체가 고통이라고도 한다.
존재하게 만든 현실이 원망스럽기도 하고
하필 이 험난한 세상이라 한탄하면서도
태어났으니 꾸역꾸역 살아간다.
뇌가 짊어진
생각의 무게 탓이다
가늠할 수도 없는 그것
형체도 없는 그것
속에 존재하면서도
한 번도 실체를 보지 못하는 그것
까마득히 먼저 가신
할아버지의 할배도 그 할배의 아버지도
그 무게의 짐을 품고 가셨을까
그냥 견뎌내야만 하는 숙명 같은 거.

백암白巖

○ **본명**: 권동기權東基

○ **필명**: 남휘攣輝 · 초농草農

○ **출생**: 1962년 경북 영덕

○ **거주**: 본향

○ **경력**

- 서울 · 대구, 신문 · 문예 · 출판사 편집장

- 대구, 동기출판사 · 월간 다복솔 발행인 및 편집인

○ **현재**

- 주농야시(晝農夜詩) 中

- 『시몽시문학』 발행인 및 편집인

- '시몽시인협회' 회장

○ **메일**: kchonong@hanmail.net

○ **저서**

- 제01시집 고독한 마음에 비내리고(125편.1994)

- 제02시집 빗물속에 흐르는 여탐꾼(125편.1996)

- 제03시집 고뇌에 사무친 강물이여(125편.1997)

- 제04시집 들녘위에 떠오른 그림자(125편.1998)

- 제05시집 고향은 늘푸른 땅일레라(125편.1999)

- 제06시집 땀방울로 맺어진 사랑아(125편.2000)

- 제07시집 토담에 멍울진 호박넝쿨(125편.2001)

- 제08시집 농작로에 웃음이 있다면(125편.2002)

- 제09시집 눈물로 얼룩진 들녘에는(125편.2003)

- 제10시집 함박꽃이 시들은 전원에(100편.2005)

- 제11시집 산하는 무언의 메아리다(100편.2006)

- 제12시집 그리움이 꽃피는 산천에(100편.2007)

- 제13시집 노을빛 사랑이 피어나는(100편.2008)

- 제14시집 이름없는 혼불의 노래여(100편.2008)

백암 01

소낙비 내리는 날

침묵하던 계곡이 터지고
월경의 샘은
산천을 할퀸다.

살갗마저 말라버린
생명의 쭈뼛한 목덜미에
함성의 불꽃이 튄다.

굶주림에 허기진
곡물의 가느다란 허리에
희망의 꽃망울 터뜨리고

한반도의 유구한 땅 무리마다
닫혔던 음액이 흐른다
굳혔던 핏물이 넘친다.

여명의 손짓

여명은
나래의 꽃잎에 잉태되어

덧없는
골짜기의 산고를 지나

촌락의 주름을 벗기듯
못다 한 사랑을 갈망하며

바위틈에 낀 들풀과 함께
희망의 숲을 지나고 있다.

백암 03
붉은 낙관

헐떡이던
파란 낙엽이
원인 모를 고뇌를 절규하며
흙으로
땅으로
떨어지고 있다.

생기 짙은 얼굴은
목마름으로 흩어지고
타다 지친 몸을 부여잡고
촌락의 끄트머리에
붉은 낙관이 울먹이고 있다.

촌락의 뜰

땀방울로 비벼낸
금빛의 노을

우거진 주름 사이로
늘어나는 나이테

한 톨의 생명이 자라
인류의 버팀목 되는

촌락의 뜰.

백암 05

농민의 삶

살갗을 태우며
흘러내리는
땀방울 하나에

메마른 땅은
옥토 향기를 자아내며
자연의 순풍을 닮는다.

영롱한 이슬

꿈이 얽힌
골목길을 지나

욕망이 떨어진
돌담 옆에 서면

허망의 세월처럼
엉킨 주름에 층층이 벌어진

갓 달아오른 잎새마다
석양을 닮은 진주옥이 삶을 채찍질한다.

백암 07
폭풍전야

해 질 녘에 님이 온다는
달갑잖은 희소식에
전답에 얼룩진 손길을 재촉하며
틈새의 휴식도 없이
허기의 뱃고동을 울리며
시간의 끄트머리를 얽어맨다.

중천을 넘어
사선의 먹구름을 쫓아 허덕이는
태양의 장엄한 숨소리를 들으며
손톱 사이로 헤집고 들어온
흙 부스러기의 반가움도 잊은 채
굴곡을 따라 가파른 숨결에 속이 탄다.

손끝이 암흑에 갇힐 때쯤에야
님이 갈 흔적을 감출 수 있다는 믿음 하나에
등뼈가 갈라질 듯 아우성을 친다
골반이 터질 듯 고통이 하소연한다
너털웃음을 농로에 내려놓고
보금자리를 향해 허우적거린다.

흙

유구한 삶을 닮은
그대의 향기를 따라
모진 풍파에도 흩어지지 않을
농로를 밟는다.

널브러진 틈새를 따라
알알이 틔워 갈 농작의 열망으로
가슴에 멍울진 시련을 씻으며
그대에게 바치노니

참 진리를 품어 안고 온 누리를 사랑하는
그대의 가슴 가슴으로 고통을 빗질하며
새벽이슬에 머리를 백발로 덮을지라도
저녁 별빛에 녹초를 음미할지라도

그대의 찬란한 미소를
처연히 닮고 싶다.

백암 09

메마른 땅

거름더미가
들녘에서
춤을 춘다.

매몰찬
뙤약볕이 머물다 간
옥토 위에

거북등처럼
벌어진 그 낭떠러지로
산물이 추락하고

막바지의 생명마저
가위눌림으로
거품을 토한다.

제자리

막힌 문을
서릿발로 두들겨도
창공의 새들만이
평화롭게 날갯짓을 한다.

닫아버린
인고의 무딘 세월이
가슴앓이의 주름으로 쌓여
항변의 낙엽처럼 모질게 휘날리고

물레방아에 닿는
물줄기의 위력에
대단원의 꿈이 만개할지라도
발자취는 나아가지 않는다.

새순

곱게 물들여지고 있다.
난향이 얼룩져 온다.

거칠어진 손마디에도
숨결이 일렁이며

구름이 떠가는
들판의 긴 여정에도

행복의 눈망울이
곱게 물들여지고 있다.

백암 12

무심 無心

진동 치듯
눈앞에 아련한
참다운 진리의 꿈틀거림이
내겐
희망의 꿈인 줄 알았다.

튕기듯
길목에 사무쳐 오는
거룩한 인생의 몸부림들이
내겐
행복의 순간인 줄 알았다.

피고 지는
속앓이의 과거들이 내겐
진일보의 맥박인 줄로 알았지만
한낱 물안개에 허우적거리는 삶이라는 것

내겐
황혼에 부대껴 가는
환희 사랑은 아득한 등불로 남아 있다.

백암 13

어버이의 길

한숨 쉬는 그 틈새로
자식의 순풍을 걱정하시는
당신의 모습 속에
깨알 같은 멍울이 사무쳐 흐름을
눈 사이로 얼룩진 주름이 전해 줍니다.

피땀이 서린 육신이 메말라
한 발치에도 몰아쉬는 숨결이
안개처럼 보이지 않는 선율로 모여
태초의 젊음은 어이하고
찬 바람 부는 언덕을 배회하네요.

숙명을 근본으로 여기며
이날의 암울한 세태 속을 걸어오신
당신의 그 짙은 갈색으로 덮인 손마디에
흙과 땀 내음이 가실 날이 없으신데
오늘도 힘겨운 세월과 들녘을 함께하네요.

자연의 숨결

하나밖에 없다던 웃음이
산허리에 붙어
떠다니는 구름을 벗 삼아
찬란한 여명을 손짓하는
사람아

마른 가지에도 솔방울이 활짝 펴
무지의 세월을 쪼며
황량한 사잇길로 헤매니
풍요의 헛삽질이 무디기만 하다.

서산에 붉은빛 저물면
지나온 긴 시간이
한낱
부질없는 부지깽이를 부여잡은 듯
방탕한 먼 길을 무지하게 재촉할 뿐이다.

희망의 꽃

동지에 비틀어진 구멍에
찬 서리에 지친 곰팡이가

치마폭의 이부자리처럼
한파의 시련을 덮는다.

길흉에 몸이 말라
눈물의 강이 범람하지만

함몰되지 않을
긴 여정의 맥박이 있는 한

새들의 웃음은
환절기의 독감기에 휘감기어도

여운에 핀 정열처럼
희망의 꽃으로 피고 있다.

서아 書娥

○ **본명**: 서현숙徐賢淑
○ **출생**: 1955년 경북 영주
○ **거주**: 경기 고양
○ **학력**: 동국대학교 아동학(문학사) 학위
○ **경력**
- ㈜창작문학예술인협의회 문학세계 詩 '꽃의 넋' 외 2편 등단
- 대한문인협회 금주의 詩 '어머니' 선정(2011. 5.)
- ㈜창작문학예술인협의회 전국 시인대회(2012. 10.) '제30회 런던 올림픽의 詩'(장려상 수상)
- ㈜창작문학예술인협의회 이달의 시인으로 선정(2012. 12.) '가장 아름다운 모습의 詩' 외 1편
- ㈜창작문학예술인협의회 '한국문학발전상' 수상(2012. 12.)
- ㈜창작문학예술인협의회 '창작문학예술인금상' 수상(2013. 12.)

○ **현재**
- ㈜창작문학예술인협의회 정회원
- ㈜창작문학예술인협의회 운영위원장 역임
- 시몽시인협회 부회장

○ **저서**
- 제1시집 들향기 피면(2013)

○ **공저**
- 대한문학세계(2011. 여름호) 詩 '꽃의 넋' 외 3편
- 대한문학세계(2011. 가을호) '코스모스' 외 1편
- 대한문학세계(2012. 봄호) '아침 이슬'
- 대한문학세계(2012. 여름호) '향기 되어 날아'

서아 01

백합

순결한
그대 모습은

예수님의 어머니
성모 마리아

사랑하는
영혼의 어머니

당신은
순정의 두 손 모아

오늘도 우릴 위해
기도하신다.

어촌 마을에

갯내음
풍기는 바닷길
어촌 마을에

칼바람 몰아치는
혹독한 추위
고기 잡는
어부들의 삶

바닷길
거친 파도 속
눈물 섞인 밥으로
고행을 하며

돌아보면 아쉽고
지우고 싶은
쓰라렸던 삶의

자락을 보듬으며
해야 솟아라
희망의 닻을 올린다.

서아 03
백두대간 따라

그 옛날
백두대간을 지나는
울진의 깊은 산골짝에는
꼬불꼬불한 산길을
넘어 다니던 보부상들

높고 험준한
십이 고개를 넘어
해산물과 소금을 사서
지게에 지고
팔러 다니던 길이

경치는 절경이라
비좁은 오솔길과
아찔한 벼랑 끝에 서서
고갯마루 넘으면
서낭당이 나오고

무사 안녕을 기원하며
가파른 고갯길을
마다치 않고 넘었던
이 길의 역사

수백 년이 흘러도
보부상의 비석은
험준한 고갯마루 넘나드는
나그네를 지킨다.

서아 04

어머니의 밥상

기록적인 한파가
옷 속을 파고드는
찬바람에
몸은 더욱 움츠러들고

어슴푸레한 저녁
귀갓길 잰걸음으로
피곤한 몸을 이끌고
대문을 들어서니

구수한 된장찌개
식욕 돋우는
갖가지 음식들이
한 상 가득 차려져 있는

저녁 밥상은
가족들을 위하여
사랑과 섬김, 정성으로 빚은
어머니가 그린 작품이다.

하나님의 손길

우리는 때로, 이유도 모른 채
어려움에 내던져 헤매지만
고난의 이면에는

우리를 성숙시키고
더 큰 승리를 주시려는
하나님의 숨은 의도가 있다.

고난의 뒤에는 은혜가 있고
하나님의 시선으로
상황을 바라보면

분명히 짐작하지 못했던
큰 그림을 그리시는
하나님의 손길이 있다.

언제나 우리를 위해
가장 좋은 것을 준비하시는
하나님 은총의 손길이 있다.

서아 06

하나님의 은총

하나님이 주신
거룩한 은총
경험하게 하소서

수도관, 집 안까지
연결되어
그 안에 맑은 물
가득하더라도

수도꼭지를 돌려
열어야만
물을 사용할 수 있다.

하나님이 나에게
주신 일에 감사하고
주님 사랑과

이웃을 보며
은총의 빛을 향해
몸을 돌리는 것이

신실하신 하나님을
경험하기 위한
수도꼭지를 열어라.

시몽 詩夢

혼불을 밝히듯이 촛불을 켜고
한 사람씩 돌아가며
마음의 염원을 빌며 기도할 때

숙연한 분위기 속으로 빠져들고
우리는 시인詩人이라

자작 시詩 낭송할 때
눈빛은 별처럼 반짝이고
마음은 아름다움으로 가득한 날

참신한 글과 창작의 시詩로
우리의 아름다움과
고단한 삶을 노래하리라.

마음의 비

어스름 달빛
창가에 스며들고
따스한 커피 한 잔
피어난 그리움

그대 보고 싶어
시린 가슴에
눈물비 되어
한없이 내리고

사랑한다고
차마 못 한 한마디
애달픈 마음
저 하늘에 띄우리

노부부의 삶

섬마을 외진 곳
기름진 농토
부드러운 갯벌은
녹록지 않고

고단한 삶으로
기쁨과 슬픔
그리움도 다 잊고

가는 세월
갯벌에 묻혀
평생을 함께
자식 키우며

서로 의지하여
동반자 되어 살아가는
황혼이 고운
노부부를 본다.

서아 10
문어

그 옛날부터
기쁠 때나 슬플 때
모든 애경사에
쓰였던 문어는

글월 문文으로 쓰여
먹물은 선비들이
없어서는 안 되는
학문의 뜻을 나타냈고

종기를 치료하며
항노화, 항암효과
기억력 높여주고
산후에 젖이 잘 나오게 하며

맛이 깨끗하고
쫄깃하며 오도독 씹히는
변함없는 일품의 맛이
귀한 약으로도 쓰였다.

서아 11

숲, 길 걸으며

노란 산수유
숲, 길에 피고

파릇파릇 연둣빛
사랑스럽고
방긋 웃는 진달래
손짓하면

싱그러운 솔향이
답답한 가슴을
뚫어 주고

높은 하늘 꼭대기
뻗은 소나무의
솟아나는 기운은

침묵 속에서도
생명의 신비
푸른 싹 틔우고
봄을 향해 달린다.

시몽

서아 12

이별의 순간

스치고 지나는
고난의 터널

예측할 수 없는
가슴 아픈
이별의 순간

수많은 날
곱게 엮어 간
그대와 나눈 사랑

밤이면 밤마다
그립고
보고 싶은
사랑하는 당신

그 사랑의 상처
언제 아물지
이토록 아플 줄이야!

추모 시詩

시리도록 파랗던
그해 가을도

서럽게 울던
하늘 무너져 내린
시월 어느 날

샛노란 은행잎
바람에 흩뿌리고
슬픈 그리움

가을바람 머물면
마음속, 그대를
지우지 못해

머나먼 그 길을
홀로 쓸쓸히
어둠 속 저 멀리에

아프게, 서 있는
환영幻影 같은 너
이젠 지우고 싶다.

서아 14

사랑의 기쁨

그대를 처음 만난
어느 봄날에
머릿속, 새하얗고

아무 생각할 수 없이
마음은 온통
당신 생각뿐이네

가슴 터질 듯한
기쁨의 샘 솟아
어찌할 줄 모르고

그대 사랑 순결하여
바라볼 수 없도록
아름다워라

두 눈에 흐르는
눈물이 사랑인가 봐

그것은 가슴 가득히
차오르는 감동이어라.

하나님의 약속

우리를 사랑하신
하나님의 약속은
보증수표다

언제나 영원토록
변함이 없으시고
신실한 보험

약속을 기업으로
받는 자녀들에게

십자가 사랑으로
충분히 나타내사
보증하셨다.

하나님의 약속을
믿는 자에게

성취되는 것을
소망으로 여기라.

소정 小亭

- **본명:** 정태수鄭泰壽
- **가톨릭 세례명:** 스테파노
- **출생:** 1954년 경북 영덕
- **거주:** 본향
- **학력:** 영진사이버대학교 사회복지학과 졸업
- **경력:** 월간 『문학세계』 시 부문 신인문학상 등단
- **현재**
- 지질공원 해설사
- 시몽시인협회 회원

- **저서**
- 영해성당 역사

석불石佛의 기도

한 마리 나비가 되게 해 주오
한 곳만 바라보는 것도
같은 말을 듣는 것도 이제는 지겹다오

딛고 선 돌이
내 어미 돌인지 나는 모른다오

둘러선 십이지신상이
내 형제 돌인지도 나는 모른다오

내게로 오르는 사람에게 밟히는 계단 돌이
친구 돌일지라도 상관없소

내 뒤의 대웅전을
한 번이라도 볼 수 있다면 말이오

온갖 번뇌에 싸여
석등에 불 밝히는 사람보다

이거 달라
더 달라며
내 앞에 엎드려 보채는 사람보다

가벼이 훨훨 날 수 있는
한 마리의 새가 되게 해 주오

소정 02
그림자 떼어내기

뛰자
날자

태양 위에 올라타자
태양보다 밝은 빛이 되자

소정 03

헤아림

나무의
나이테인 양
내 가슴에
하나둘 그려가는 것

뒤처지기라도 할까
늘
내 앞에서 달아나는 것

감히
따라잡을 수도
멈출 수도 없는 숭고한 헤아림

"떡 치는 의붓아버지 옆에는 가더라도,
도끼질하는 친아버지 옆에는 가지 마라"시던

그리운 아버지
아흔아홉

소정 04
인플레이션

에이!
옛날 소리 하지 마라.
'백만장자'가 무슨 부자라고,

그래!
'억만장자'는 되어야지.

윽!
억이 만 개.

소정 05

수도꼭지

오늘 아침에
내가 보았네

음지에서
얼음물 품고
외로움 이겨가는 너를

저녁 잠자리에
누워 서야 알았네

길고
긴
겨울 다 가도록
지난 여름날의 달콤했던 입맞춤을
꿈꾸고 있다는 것을

소정 06

성 돌과 담쟁이

나는
보지 못했다오.

돌 붙잡은 푸른 담쟁이보다
더 싱그러운 것을

돌 붙잡은 가을 담쟁이보다
더 붉은 것을

붉은 담쟁이 등 두들기는 가을 햇살보다
더 눈부신 것을

오직
내가 본 것은,

담쟁이에 붙잡힌 늙은 성 돌이
고운 꽃나무가 된 사연뿐인 것을

하녀와 어머니

전장으로 떠날 때

하녀는 신발 끈을 풀어놓지만
매어주는 건 그의 어머니다

살아 돌아오면

하녀는 신발의 짝을 맞추지만
어머니는 신발 등에 입을 맞춘다

소정 08

허심청 虛心廳

햇살 좋은
봄날,

한길 옆
초가草家 마루에 앉아

꾸벅꾸벅 졸다
잠들었네

다 비우지 못한
식은 찻잔 앞에 두고

소정 09

니체Nietzsche여!

'신은 죽었다'는
당신의 말은 틀렸소.

내가 아직 살아있는 것을 보면….

시몽

소정 10
종이 줍는 여인아

여인아
주운 종이 몇 장은
돈으로 바꾸지 마라

그 종이로
두껍지 않은 공책 만들고
시를 써라

물 위로 입만 벌리면
말 못 하는 붕어가 배고픈 것이라며
먹이를 줘야 한다던
당신의 어린 손녀가

훗날

두껍지 않아
더 낡은 공책을 보며
당신 닮은 시를 쓸 수 있게

당신이 모아 만든 재생 종이로
작은 시집을 만들 수 있게

말 못 하는
미소가 아름다운
거리에서 종이 줍는 여인아

비에 젖지 않은 종이 몇 장은
돈으로 바꾸지 마라

소정 11
두 짐 나무꾼

점심 먹고 난
오후
긴 해에도

한 짐밖에 못 하는
느림뱅이
두 짐 나무꾼 될까 봐

내
어릴 적에
걱정하신 어머니

이제 와 돌아보니
여태껏
나무 한 짐 못했네

죄송합니다
이제
나무하러 갈게요

성탄 전야

빛이 오시네
말씀이 오시네

못 보는 이가
빛 속에서 노래하고
못 듣는 이가
말씀 가운데서 춤추네

빛이 내 영혼 밝히고
말씀이 내 가슴 두드리네.

고요한 이 밤
거룩한 이 밤이 지나면
못 보는 이가 빛을 전하고
못 듣는 이가 말씀 전한다네

소정 13

감사感謝합니다

내가
옷을 걸치고 있네

입에 밥이 들어오고
하얗게 단장된 집에 살고 있네

여보
고마워요

여러분
고맙습니다

소정 14

내가 시인이라면

내가
시인詩人이라면

길을 오가는 사람들의 손에
한 송이의 예쁜 꽃을 들려주겠습니다.

꽃을 좋아하는 당신에게
빛깔 고운
한 마리의 나비 날개를 달아주겠습니다.

녹차 향
허브 향기보다
아메리카노
커피 향기를 더 좋아하는 당신은
카페에서
나와 마주 앉아 있을 것입니다.

만약에
내가
시인詩人이라면

떠오르는
일출의 장엄한 풍광을

늦은 저녁 강가에서
노을을 바라보는 당신의 뒷모습을

지금처럼 짧게
내버려 두지는 않겠습니다.

삼원색

따뜻한 봄날
초록을 담았다
파릇파릇한 잔디밭에서

햇살 따가운 여름
파랑을 담았다
정열 넘치는 푸른 바다에서

바람 스산한 가을
빨강을 담았다
저무는 태양의 노을에서

눈 내리지 않은 겨울
담은 바구니를 쏟아부었다
눈앞의 온 세상이 환해졌다
말갛게 눈부신 빛이었다

뜰 마당에서
빨강을 담았다
붉게 핀 장미꽃 색깔이다

들판에 나가
노랑을 담았다
아름다운 유채꽃 색깔이다

뒷동산에서
파랑을 담았다
햇살 좋은 날의 하늘 색깔이다

골목길에서
담은 바구니를 쏟아부었다
온 세상이 까매졌다
무서운 어둠이었다

깜짝 놀라 꿈에서 깨어났다
다시 올려다보는 하늘에서는
빨강
파랑
초록으로 조합된 밝은 햇살이
소리 없이 땅 위로 뿌려지고 있었다

송야松也

o **본명:** 김효정金孝貞
o **출생:** 1962년 경기 여주
o **거주:** 경기 이천
o **현재**
  - 이천문인협회 회원
  - 시몽시인협회 회원

o **공저**
  - 제15집 시몽시문학 '하늘' 외 9편(2018. 06.)
  - 제16집 시몽시문학 '심장' 외 9편(2019. 11.)

몸가짐

몸을 소중히 하고
사랑을 받으려면

예쁜 옷 걸치고
미소를 띄워 보기도 하고

긍정의 설정으로
가치 향상을 높이고
완벽하진 않아도

사랑받는
너그러움으로

나의 변해가는
모습으로
오늘을 품어보고

행복한 오늘이 일생이 되듯
밝게 빛나는 미소가
주위의 은은한 화촉이
되리라

송야 02

내가 그린 그림

널 바라보는
내 모습에
점 하나

또다시
널 찾아보는
내 모습의 점 하나

그려보고 싶은데
그릴 수 없는
안개 속의 사랑

단단한 바위 덩그러니
별 헤며 쳐다보지만
텅 빈 가슴

채워보고 싶어
그리는 점 하나에
동그라미 홀로
남는다

가끔은

힘들 때 생각나는
사람처럼 나는
녹아내린다

기쁠 때 보고 싶은
사람처럼
더욱 행복해진다

외로울 때 그리워지는
사람처럼 속삭여도
보지만

소박한 나로 하여금
빛처럼 내게 와 주는

그런 사랑으로
나는 춤을 추며

때로는 죄책감에 젖어
내 마음 곱게 빚어

세상 속에
가지런히 놓아본다

송야 04
93세 천사

예쁘다 하면
배시시 웃으실 때

따뜻한
영혼이 그려지고

함께 있으므로
감동적인 모습

그 속에서
피어나는 꽃향기처럼

진실한 인생 수업
하나둘 자아내고

인연이 길지도 짧지도
영원하지도 않지만

곧
이별의 선상에서

다시
그리움에 목멜 테지

터널

어둡고 컴컴한
꿈틀대는 사랑을 통해

환희의 빛으로
다가오네

보고도 싶고
가까이도 하고 싶은데

마음의 길이 막혀
그리운 벽이 된다

서로가 바라는
통로가 되어

사랑의 동산
함께 일구어

느낌표에 젖은 채
살아갈 수밖에 없는

그런 그리움이
속삭이듯 숨 쉰다

어느 날의 발견

하늘 보니
푸른 나뭇잎에 가려
맑은 정만 흘러

자연에 빛에
변해가는 내 모습

푸른빛에
반성하는 날 삼고 싶어

아름다움으로
돌려주고 싶기에

구불구불한
모습까지도
품어 안고 싶다

마음의 근력 키워
미소로 손짓하고
싶으니까

살면서

영혼이든
육체이든
채운 만큼 자신감의 기쁨

마음속에 사랑이
가득 채워질 때
꽃보다 아름다운 미소를 지운다

역경과 고통 속에서
또 다른
깨달음의 연속성

무념무상으로
죽음의 완성을 채워갈 수 있기에

아름다운 사랑만이
치유할 수 있고

인간의 영혼들은
여행 속에서도
완성을 꿈꾸곤 한다

송야 08

낭매의 여행

팔월 십 일일
이박 삼일의 새벽 다섯 시
우리는 행복 여행에
탑승하여

삶의 고통이
영혼의 숭고함을
알게 되고

괴롭고 힘든
인생길을
이겨낸 후

또 다른
사람들을 통해
사랑을

그리고
존경을 받게 될 거라는
믿음을 나누며

우리는
사랑하는 것과
삶이 행복하듯

달리는 공간의 속에서
어릴 적 추억으로 사로잡혀
회심의 미소를 짓고

자연의 경이로움과
인간의 아름다운 조화로
인류가 흐른다는 걸 알았네

송야 09

미소 둘

설렌 맘으로 맞이하는
일출의 미소

속삭이듯 보내야 하는
일몰의 환희

서로 다른 공간에서
교차하는 심성처럼

시차의 여행지에서
맞잡은 그리움처럼

잔잔한 물결 되어
한마음으로 흐르네

내 인생

순연한 부드러움
자연의 속삭임

인고의 세월 지나
피어난 고귀한
사랑 꽃처럼

세상 모든 게 변하고
사라진다 해도

내가 사랑하는 마음 꽃으로
남아주길 바라보고

멋진 무대 위에서
달콤함을 부를 수 있는 인생을
꿈꿔본다

송야 11
하늘

밤과 낮의 하늘엔
행복이 보인다

그곳을 향한 마음엔
꿈도 희망도 보이고

입가에 미소가 스며드니
행복도 만개하고

사람을 사랑하고
배우고 익힘으로

도약할 수 있음에
감사의 삶이 보인다

송야 12

고운 단풍처럼

역경을 바로 세울 줄 아는
진리의 그릇은
보배보다 더 빛나고

슬로시티의 변화는
걸을 때마다
깊은 사랑을 느낄 수 있는
공간보다 더 시야가 넓고

꿈이 담긴 혼은
진정 고목 나무의 멋을
가슴으로 담은 듯

저마다
멋스러움으로 인해
자부심을 품어 안고
묵묵히 걸어갈 뿐

송야 13

꿈속의 환희

어제 같은 오늘이 없듯
오늘 같은 내일도 없다

혼자 떠나는 여행길에
당신을 만나
정겨움에 행복 담고
돌아온다면
세상을 얻은 듯

사랑으로 채워보고픈 삶
불투명한 시간을 잊고
마냥 채우고 싶은 듯

안식처 같은
당신 품속에서
마냥 행복한 미소 짓는다

송야 14

부채질

정동진 둘레길
푸른 바다 끼고
걷는다

바다 위에 앉은
바위

훈풍에 파도 소리
오고 가는 정겨움

푸른 하늘에 덩그러니
흰 구름은 누굴 찾아가는지

저 멀리 산자락
녹음 속에
아름답게 돋보이네

송야 15
행복한 사람 1

저 너머 보이는
새벽녘 무지개 위로
미소 짓는 해님

비뚤어진 나뭇가지 닮은 몸에도
행복한 물이 차오르니
너풀거리듯 미소로 화답하고

시련 뒤의 성취와 함께
갈아도 날 서지 않는 명검도
정금 같이 단단해지리라 믿으며

시간 속에 삶의 의미로 불어넣어
존중받는 사람이 되고

긍정의 마음으로
설레는 하루를 기도하며

만상을 무시하지 않고
하찮은 헛소리에도
흘려듣지 않는 마음으로

사랑을 주고받을 줄 아는
그 마음이 천국 같도다

아정雅貞

○ **본명:** 유연옥柳延玉
○ **출생:** 1962년 서울 동작
○ **거주:** 경기 오산
○ **현재:** 시몽시인협회 회원

천년의 비와 하늘 꽃

천년에
한 번 열리는 하늘가에
이루지 못하는 슬픈 사랑

천년에
비가 한두 방울 내려
그 비가 모여
큰 바다가 이루어지는 날까지
영원히 당신만을 사랑하고 싶다오

천년에 한 번 피는 하늘 꽃
천년에 한 번 내리는 꽃비를 맞으며
더욱더 찬란히 빛나는 아름답게 피어나

먼 훗날

천년의 비와 하늘 꽃의
애절한 사랑이 영혼의 사랑으로
영원히 이루어지길 간절히 바란다오

아정 02
파란 영혼

너무나
파란 하늘이다

당신도
이 하늘 보고 있나요

당신 마음 같은
파란 하늘

오늘은 왠지
이내 마음이

새파란 하늘이고 싶네요

저 하늘을
보고 있노라면

그대의
영혼이 보이네요

라일락 향기

작은 바람에도
이리저리 흩날리면
멀리서도 너의 진한 향기 느껴진다
은은하게 퍼져와 내 몸을 휘감을 만큼

어느 아파트 입구에 서성이며
은은하게 퍼져있는 너의 진한 향기

내 발걸음 멈추어
연보라빛 띤 고운 너의 모습
너의 향기에 흠뻑 취한다

그 빛 젖어 드는 그리움
너의 가슴에 핀 그리움처럼
가득 젖어 든다

아정 04

하얀 고무신

따스한 해님을 불러오고
졸졸졸 흐르는 물소리와 함께
보석처럼 반짝이는 시냇가에서

아이들이 옹기종기 쭈그리고 앉아
하얀 고무신 배를 만들어
물 위에 띄우며 노니는 모습 바라보니

어머니의 따스한 품속 같은
어머니의 고운 숨결처럼
어머니의 향기가 서려 있는
아름답고 고운 빛으로 다가와

아름답게 희고 고운 빛으로
가지런히 놓여 있구나

고요한 밤이면
나의 사랑하는 어머니가
사무치게 그리워진다

노랑 은행잎

조그만 화단에 우뚝 서 있는
노랑 은행나무 한 그루
간밤에 흩뿌린 비를 맞으며
불어오는 바람에 떨어져
거리마다 노랗게 물들이네

대지 위에 뒹구는 낙엽이
내 마음처럼 쓸쓸해 보인다
온 대지에 쌓인 노랑 은행잎
싸늘한 바람에 날리어
하나둘 내 곁을 떠나간다

앙상한 가지에 매달린 노랑 은행잎
어느 화가가 그린 한 폭의 그림 같네
늘 바쁜 마음에도 한 가닥의 마음은
낭만을 그리며 느껴봅니다

가을사랑에 푹 빠져버린 나는
늘 아쉬움과 허전함이 살며시
고개 들어 가슴이 저려옵니다

아정 06
하얀 나비

고운 햇살 창문 사이로
따사롭게 비출 쯤
가게 안으로 하얀 나비 한 마리
춤추듯 날아든다

눈이라도 마주친 듯
머리 위를 빙빙
춤추며 맴돈다

과일 바구니 위에
살포시 내려앉아
잠시 숨을 고르듯
나래를 접는다

나비야
편하게 쉬었다 가려무나
사랑한다

사랑 담은 강아지풀

반짝이는 햇살 아래
옹기종기 파릇하게
솟아오른 강아지풀

그 위로
하얀 나비 한 마리
훨훨 춤을 추며

사랑의 꽃가루를
고운 털 사이에
뿌려주고

더욱더 푸르고 탐스럽게
햇살 받으며
반짝반짝 빛나듯

아지랑이 피어오르면
부끄러운 듯
살며시 고개를 숙인다

아정 08
먼 훗날을 기약하며

너무나 보고픈 당신
너무나 그리운 당신

오늘도
당신의 흔적만으로
행복하고 기쁜 날이다

당신의 마음을
당신의 모습을 생각하며

하루하루 행복하게
살아가는 한 사람

내 마음은 언제나
당신을 향하고

늘 안부를 묻고
걱정하며 살아간다

먼 훗날을 기약하며

비가 내리고 있어요

비 님은 오시는데
내 님은 언제 오시려나
이 비가 그치면
무지개다리 타고 오시려나

대지도
감자꽃도
장미꽃도
내 마음도 비에 젖네

감자꽃 위에 노닐던
노랑나비 흰나비 한 쌍
사랑을 속삭이며 노래하고

파랑 나비는 어디로 갔을까
비 님이 부끄러워
당신 가슴속에 숨었나

아정 10

보고 싶은 그대

나의 맘속에
나의 눈 속에
가득 담고 싶은 그대 모습

마음의 도화지에 그리고
또 그려도 보고 싶은 그대

너무 그리워 지워지지 않도록
내 가슴 가득 그려보지만
보고 싶은 마음 어찌하리오

풀잎에 맺힌 이슬방울처럼
보석보다 더 멋진 모습으로
떠오르는 그대는

내 가슴에 파도처럼 일렁이며
그리움으로
설렘으로 다가오고

밤이나 낮이나
앉으나 서나
눈을 뜨고 눈을 감아도

나의 머릿속을 맴도는 그대
늘 보고 싶어 애태우는 그대는
언제나 사랑하고픈 내 사랑입니다

아정 11

빗물이 전하는 그리운 고백

비가 내리면
그대가 빗물 타고 와
내 손을 잡을 것만 같아
창문을 활짝 열고
쏟아지는 빗물을 향해
하얀 손 내밀어 본다

빗물이 전해 주는
낯설지 않은 차가움이
잠자던 기억 속 저편에
누워있는 너의 차가운
입술을 꺼내 일으키면

비에 젖은 촉촉한 초록 숲처럼
그렇게 사랑하자던 그대가
쏟아져 내리는 빗방울 수보다
더 많이 아니 그 어떤 말로도
표현할 수 없을 만큼 그대가
그립고 그리워

지금도 창밖에는
보슬비가 내리고 있는데
내 안에는 한여름 소나기 같은
거센 그리움의 폭우가 쏟아지고 있으니
보고픈 그대가 그리워진다

아정 12
아름다운 아침

고운 햇살 가득 가슴에 안고
하루를 시작으로 문을 연다
그 속에 아주 작은 감동과
행복으로 어느새 내 마음에도 가득하다

아침에 등교하기 위해
가게에 들어서는 아이들의 밝은 미소와
낭랑한 목소리를 언제 들어도
숲속의 새소리 같다

아이들을 보고 있노라면
사랑스러운 나의 어린 왕자가 떠오른다
좋은 향기 풍기며 바삐 출근하는 발걸음들
서로 지나치며 눈인사로 가벼운 미소를 나눈다

아침이슬 머금은 고운 아침
가게 앞 조그만 화단에 하늘거리는
하얀 방울꽃과 나뭇잎들
모든 사람의 몸짓 하나하나에도
감동이고 행복이고 따스함으로
삶의 즐거움을 느낄 수 있다

오늘 하루도 소중한 마음으로
멋진 삶을 상쾌하게 보내련다

아정 13

바다에 드리운 하늘

파란 하늘 고요히 내려와
바다 위에 살며시 앉는다

바다에 드리운 하늘
파랗게 물들어 아름답다

구름은 바람과 함께
둥실둥실 흩날리며 사라진다

붉게 타오르는 태양 아래
바다 위를 날으는 갈매기가 끼룩끼룩 노래한다

나의 외로움도 일렁이는 하늘 위에
나의 모든 번뇌를 띄워 보내며

석양이 물들고 오늘도 고요의 밤 오니
피곤에 지친 이내 몸 쉬고 싶다

아정 14

그대를 쉬게 하소서

비바람이 세차게 불던 날
찢긴 가지가지에

아파도
아파도

소리 내어 울지 못하고
침묵만이 고요히 흐르고

안으로
안으로

나의 소망은 가득하다
천둥 번개의 위협과
태풍의 시련이 찾아와도

그러나

뿌리째 뽑히지 않은 나무에
해가 뜨는 내일이 와도
나는 무성한 잎을 내어
힘든 그대를 쉬게 하리라

아정 15
그리운 님

고요가 숨을 쉬는
깊은 가을 어두운 밤하늘에

당신의 그리움으로
당신의 환상만이 은빛 날개 달고

끝없이 끝없이
가을밤 하늘을 날아다니다가

작은 꿈
그 몽상의 길로

한걸음 또 한걸음 조심스럽게
당신이 있는 그곳으로 가리라

죽장竹杖

○ **본명:** 장병오張炳午
○ **출생:** 1962년 광주 남구
○ **거주:** 경기 의정부
○ **현재:** 시몽시인협회 홍보위원장
○ **메일:** 280635@hanmail.net

○ **공저**
- 제16집 시몽시문학 '개망초' 외 9편(2019. 11.)

촛불

작은 바람에도
흔들리면서 끝까지 버티며
어둠을 밝힌다.

꺼질 듯 꺼질 듯 흔들리는 불꽃이
내 삶과 흡사하다.

아슬아슬 위태롭고
힘든 나날들을 힘겹게 버티어 낸다.

이제 새해부터는
좀 더 강하고 꿋꿋하게 버티어 일어서리라

작은 바람에도 흔들리는
가녀린 촛불이 아닌
활활 타오르는 장작불처럼.

죽장 02

돈

김삿갓님 삿갓쓰고
방랑길을 떠나실제
주머니속 엽전칠푼
든든한벗 되었건만

죽장이의 통장에는
남아있는 날이없이
항상제로 찍히나니
이내신세 어찌하랴

건설사업 한답시고
덩어리만 커진견적
실속없는 견적일세
남은눈엔 큰돈인데
내주머닌 빈털털이

죽장 03

붕어빵

찬바람 부는
요즘 날씨에 생각나는
사랑 가득한 붕어빵

울 엄마 시장 갔다 돌아오는
머리에 얹은 커다란 광주리 한 칸에
노란 봉투 속에 붕어빵

열어보면 두세 마리씩
엉겨 붙어 차가워진 붕어빵

자식 사랑 가득 담긴
사랑의 붕어빵.

죽장 04
홍시

감 나뭇가지
꼭대기에
홀로 매달려
누굴 기다리나

서리 맞아
속이 무를 대로 물러져
금세라도 떨어질 듯
아스라이 매달려 있네

까치야
어서 와
달콤한 홍시를 따먹으렴

널 기다리며
아슬아슬 매달린 홍시가

애처롭게 보이는구나.

개미

나란히 나란히
잘 훈련된 군인처럼
질서정연하고
일사불란하게
어디로 가는지
바쁘다 바빠

어기영차 어 영 차
작은 것은 혼자서
큰 것은 여럿이 모여
함께 들고서
식량 나르기에
바쁘다 바빠

우리네 김장하고
연탄 들이는 것과
무엇이 다르랴
겨울 지낼 준비에
어기영차 어 영 차
바쁘다 바빠

죽장 06

김치부침개

오늘 아침
우리 중전이 만들어준
김치부침개

비 오는 오늘

출출할 때 먹으라고 만들어준
김치부침개

사랑과 정성의 조미료가
첨가되어 그럴까

맛나다고
먹고 또 먹고
이렇게 무한반복으로
먹다 보니

내 배는 산달이 다 된
임산부가 되었고

내 배를 보고 있노라니
차라리 참치로 태어났더라면
몸값이라도 뛸 것인데
참으로 아쉽네.

연꽃밭

연꽃밭을 지나다
화사한 자태를 보냈네.

꼿꼿하게 서 있는 도도한 연
이제 피어나려 봉우리 진 어린 연
키만 멀대 마냥 큰 멋없는 연

연밥 옆에 숨어 있는 수줍은 연
물속에 처박혀 삶을 포기한 연
꽃잎 다 진 후 허물어져 늙은 연

그리고
키는 작아도 활짝 피어 방긋 웃고 있는
귀엽고 예쁜 연

이 연 저 연 뒤엉켜
세상이 연이로세.

죽장 08
거미줄 1

아침이슬 머금은 거미줄
저 맑고 고운 망이
파리, 모기, 날곤충을 잡는
악마의 손일 줄이야

영롱하고 투명한 그물로
코로나 벌레들을 잡아주면
얼마나 좋을까

형체도 알 수 없고
우리 눈에 보이지도 않아
파리채로 잡을 수 없는
코로나 벌레

아침이슬 머금은
영롱한 거미줄로
잡아주면 좋겠네.

거미줄 2

하나일 땐 있는 듯 없는 듯
알 수가 없지만
뭉쳐 있으면 탐스럽고
예쁜 무리를 지어있으면 예쁜 놈들

하얀 안개꽃
보랏빛 꽃잔디
들판에 개망초
하지만 무리를 지어
무서운 놈도 있다.

저수지 제방도 무너뜨려
산사태를 만들어 집을 덮쳐
도로를 망가뜨린 채
닭이며 돼지 소들 축사까지 몰살시키고

뭐가 불만인지
뭐를 바라는지
알 수가 없지만

제발 평상시처럼
꼭 필요할 때
잠깐만 다녀가면 안 되겠니?

죽장 10

머리카락과 우리 사랑

위-잉
우-이-잉
째각 째각 째각

흰색 검은색 엉킨 머리카락이
허벅지 위에
거실 바닥에
겨울철 함박눈처럼
쌓이고 쌓여

우리 중전
내 머리를
위로 아래로 좌우로 돌리며
자르고 다듬다 보니

머리카락은
잘려 나가지만
우리의 사랑은
더더욱 커져만 가네.

죽장 11

가을

한여름
주둥이 바짝 세우고
기세등등하던 모기는
처마 밑으로 숨어들고

높푸른 하늘 아래
자유로이 나는 고추잠자리는
아름다운 계절 따라 춤추고

길거리 코스모스는
하늘거리며 여심을 유혹하듯

나뭇잎은 단풍 들어 바람에 나니
들판마다 누렇게 익은 곡식들이
풍년의 노래를 부르는구나.

죽장 12

노란 꽃의 달달함

노란 꽃 끝에
수박이 앙증맞고
탐스럽게
붙어 있고

노란 꽃 뒤에 숨어 있는
애호박은 꽃봉오리와 견주어
누가 더 큰 바위 얼굴인지
내기라도 하듯 붙어 있네

땅바닥에 복지부동으로 숨은 참외는
노란 꽃과 누가 더 노란지
내기라도 하듯
노란 자태 뽐내며 빵긋 웃네.

탐스럽고 달콤한 열매들은
어째서 노란 꽃은 왜 숨어 살꼬
노란색은 달콤해서 일까
아니면 먹음직스러운 색깔 때문일까.

죽장 13

권주 勸酒

세상살이 고단함이
내게 술을 권하고

친구와의 이별이
내게 술을 권하고

세상사 덧없고 허망함이
내게 술을 권하네.

하는 일 잘 풀린 기쁨이
내게 술을 권하고

오랜 벗과의 만남으로
내게 술을 권하고

즐겁거나
슬프거나
내게 술을 권하니

이래서 저래서
세상사 내게 술을 권하네.

죽장 14

먹구름

심술쟁이
먹구름아

구름 사이로
고개 내민 햇살이

태풍으로 젖은 온 세상을
꼬들꼬들 말려보려 하건만

그 꼴을 못 보고
가리고 또 가리는

네 놈이 놀부 심보라
참 얄밉기만 하구나.

죽장 15

인생은 고스톱

광 석 장에
두피 두 장
고도리 패를
들고 있어도
질 때가 있고

폭탄 패 두 개에
쌍피 넉 장을
들고 있어도
질 때가 있고

흑사리 껍데기에
풍 석 장 똥피 두 장 들고도
이길 때가 있으니

우리네 인생사
고도리 인생이네.

시몽

천안泉安

- ㅇ **본명:** 김영진金永晉
- ㅇ **출생:** 1962년 전남 목포
- ㅇ **거주:** 충남 천안
- ㅇ **현재:** 시몽시인협회 회원

- ㅇ **공저**
- 제15집 시몽시문학 '사람' 외 9편(2018. 6.)
- 제16집 시몽시문학 '얼굴' 외 9편(2019. 11.)

생명의 말씀

기원전 200세기에 했을
예수도 간절히 했다는
괴테를 애절하게 한

말이 아닌
짙은 회색 먼지 덮인 유리창
쩍 금 가는 소리만 뺀

전부가 담긴
살아 있는 말

사랑해, 네가 최고야
아주 멋져, 너뿐이야

생존의 으뜸
예쁜 말.

천안 02

예순 즈음

낯가림 어루만지는 봄꽃
훨훨 날고

남녀 사이 낀 녹슨 철조망
봄바람 앞의 어린 꽃잎 되어

걷는, 감촉하는 몸
바야흐로 적자생존을 말하는 요즘

새로운 우주를 환히 밝힌
웃음꽃 참 예쁘다.

적당하다는 거

애국, 박애를 희망한 아픈 고급 속물인 척
노벨상 박수 없고, 국가대표 신난 환호
일본 포경선 물대포, 시셰퍼드의 눈물 파도
평화, 그린피스, 유니세프, 칠십칠억 명의 공염불
김씨, 트씨 독설과 화해, 오불관언
인권변호사의 헛 눈물, 자원봉사자의 착한 울음
전쟁, 예술, 사상, 재미를 위한 약간의 풀무질

화면 밖의 생존
저녁 다섯 시 지역 뉴스의 그들
다 들으라고 박수갈채하는 거

자식 잘되는 거
건강하다 잘 죽는 거
물가가 올라도 순응하는 거
갈등 알맞게 느긋한 거
과정, 수준 차이 인정하는 거
세상 비밀 조금씩 알아 가는 거

사는 게 그렇다는 거다.

천안 04

순수, 자유

자유의 여신상
그녀의 자유는

안개 낀 성탄절만 일해서
1년 포도씩 먹고 살

매우 반짝이는 코 때문에
순한 눈 감출

비정규직 루돌프
오늘 어딨을까

고결한 말
추한 뜻

아, 애통함이여.

아침밥

'아침 식사 됩니다'

아침
밥상에서 사라져
식당에만 있는
전설의 아침밥

큼지막이 쓴 벽보

집 나간 아침밥 찾습니다
연락처는
제 처를 말하는 거 아닙니다
사례는
언제나 내일 드립니다.

무기한
찾을 때까지 찾습니다.

인간동물원

밝은 도시 거주하는 자유인
스물네 발의 총성 없는 총알 맞은
괴성을 지르니

반복과 이기 끝 간데없어
가해자에게 똑같이 하라
아우성치니

어두운 도시의 힘 불끈 솟아
가해자 가해하는
인간동물원이 생기가 돈다.

비위가 좋다

칠십 년, 백 년 흘러
나이테 없이 꽃 한 번 피어나고
자폭하듯 고사하는가

가려 할 게 농담
혼자의 끔찍함이 더
싫어서 무서워서 저러지

스펀지가 필요 없다손 치더라도
먹은 걸 거꾸로 토해
대나무 부러지는 소리 솟구쳐

나이테 삼킨 대나무로 살
그대로 그렇게
살다 죽을 거라

그러는가.

천안 08
노천카페

그녀 얼굴
틀어박힌 자리 더듬는 노천카페

달팽이 울음
착각을 깨도
꼼짝을 못 하고 멍

착한 소리의 멀쩡한 젊은이
'의자 좀 가져가도 될까요?'
한다.

허망한 늙은이 표정
훼손된 눈, 훼손된 목 삐거걱하다

간신히 한 번
끄덕.

거울 그리고 얼굴

돌조각은
부처의 몸뚱이
얼굴은 어딨는가

녹이 그렇듯
소금기 없는 풍진의 몸
목을 빨아들였는가

끝과 시작
너의 몫, 너의 자리라
비워뒀는가

부처들 오가는 길
무거운 머리 올려놓고
염화미소 연습시키려는가

선한 님아
알 도리
있음

알려 주시려는가.

천안 10
풍장

오억 년 뒤에 만나자는 말. 착하다.

콧방귀 새는 헛소리, 처음은 모르고
위장, 흉악 막중한 악의가 있다.

음험한 야누스 그늘 속 그늘의 참회
화해와 용서, 빈 깃대 허우적댄다.

소망 하나, 풍장을 수긍하려니

찰 고무 씌운 오물 주머니
굶주린 하이에나 찾아오길
나무굼벵이가 천년을 갉아당기길
소꿉장난하듯 바람에 옮겨지길

순백하려니, 인어의 눈물 흘리길
정화되려니, 땅이 보듬어 하늘이 웃길

오억 년 후, 재회 없이 소멸이라 착하다.

온금동 산 다섯 남매의 돌

천년의 멍 때리기
하루의 피멍 터뜨리기

고비 - 일의 과정 그 막다른 절정
걸림돌 - 사는 길 방해하는 돌
장애물 - 가로막아 거치적거릴 돌

도전자에게 깨져 쫓긴
코 찌그러진 서열 2위의 바바리 원숭이
혼자 걷고 앉아 돌을 본다.

권능
그런 거 이미 하청에 하청의 하청업자 꼴이니

다섯의 주먹에 뭉친 천년의 먼지
절대 반지 녹듯이 녹으리니

소가 알 낳는 곤욕을 치르더라도
따뜻한 사랑의 큰 위로를 준
반지 수호자를 수호한

부패 인간도 발효시킬 순수 솔직 남
반지의 제왕에 사는 샘을 동경한다.

천안 12

후드 담요 두 장

덮어 주려고
기다리다 기다리다가

결국
무엇 하나 없길래

지나친 기다림 숭배할 망상 없다
대성 일갈한 후

숲속 버려진 샘에 가
빠뜨려버렸다.

시화詩畵

가을바람 귀에 머문
날

걸리든
장애이든

너희 가는 길
작은 돌멩이 차지 말아라

날씬한 생생한 뾰족구두
힘찬 걸음 삐끗 넘어질라

어차피 돌멩이는 돌멩이
차로 가거든 그냥 넘어가거라

땅속으로 잘 박았나
고개 돌려 확인 말거라

사무친 가을 소슬바람 따라
감기 올라.

천안 14
웃지 못할 인사

으깨진 지붕에
묶인 녹슨 쇠기둥

사이사이 비치는
파란 하늘 흰 구름

잠깐 보여 날리는
화려한 꽃의 밝음

난
외면할 거라오.

온 허공에 떠
당당히 사라질 일 오면

겁난 눈으로 울다
죽을 거라오.

마침내
안녕.

가룩

윗동네 아랫동네 너덜거린
빈털터리 주머니 탈탈 털어

강술 까 어슬렁거리다가
바닥에서 얻어 온 닭 볏

싹 민 머리 이마에 꽂아 놓고
너럭바위에 누워 분쇄될 날 본다.

지금도
보고 있다.

춘곡 春谷

- ○ **본명** 김광섭金光燮
- ○ **별명:** 향풍鄕風
- ○ **필명:** 철마鐵馬
- ○ **출생:** 1962년 충남 청양
- ○ **거주:** 충남 공주
- ○ **경력**
- - 옥천 임마누엘교회 목사
- - 영동 양정교회 목사
- ○ **현재**
- - 공주 임마누엘교회 목사
- - 시몽시인협회 회원
- ○ **카페:** http://cafe.daum.net/cheolmer(철마장)

- ○ **저서**
- - 제1시집 '맑은 물이 고운 모래 사이로 흐르는'(2008)

- ○ **공저**
- - 제01집 시몽시문학 '못다' 외 5편(2008. 09.)
- - 제02집 시몽시문학 '낭띠' 외 6편(2009. 03.)
- - 제03집 시몽시문학 '인생' 외 6편(2009. 09.)
- - 제04집 시몽시문학 '금강' 외 4편(2010. 03.)
- - 제08집 시몽시문학 '춘우' 외 6편(2012. 03.)
- - 제09집 시몽시문학 '아직' 외 6편(2012. 09.)
- - 제10집 시몽시문학 '봄비' 외 6편(2013. 03.)
- - 제11집 시몽시문학 '구름' 외 6편(2013. 09.)
- - 제12집 시몽시문학 '친구' 외 7편(2014. 03.)
- - 제13집 시몽시문학 '한낮' 외 6편(2014. 09.)
- - 제14집 시몽시문학 '저녁' 외 6편(2015. 03.)
- - 제15집 시몽시문학 '갈대' 외 9편(2018. 06.)
- - 제16집 시몽시문학 '이슬' 외 9편(2019. 11.)

지켜보는 것도 사랑이라고

일각이 여삼추요
그리움에 기다림에
시계 초침만 바라보며
사랑하는 이를 기다렸구랴
춘향이 옥중에서
몽룡 그리며 님 타령을 부르듯
그저 바라만 보고

바라보는 것도 사랑이라고
기다림에 지켜보는 것도 사랑이라고
그저 사랑한다고

쓰린 가슴만 쓸어내리고 있었구랴
그런 애틋한 사랑을 지켜보는
이 그놈의 가슴 또한 같이 녹아내려
다 문드러졌어라.

춘곡 02
마음속에 그린 그림

벗님네야!
한가한 시간을 보냈구나
무에 그리 바쁜지
무엇에 그리 마음 빼앗겼는지
좋은 것을 보고도 좋다 여기지 못하고
놀고 있으면서도 바쁜 것이 우리네 인생이거늘
이렇게 사색을 하다니
그대는 역시
마음속에 그림을 그릴 줄 아는 사람이구나
마음속에서 그려지는 그림 같이
우리네 삶도 그렇게 화려했으면 좋겠다.
기와집도 짓고
언덕 위에 초가도 짓고
산속 오지에 통나무집도 짓고
바다가 보이는 해변에는 펜션도 짓고
도심 한복판엔 빌딩도 짓는 그림처럼
그대는 그렇게 행복하거라

깊은 밤

깊은 밤 옥상에 올라
잠들어있는 세상을 보면서

행복에 겨운 자는 누구이며
힘들어하는 자는 누구인가

간간이 죽어 지나가는 자동차는
어이하여 잠을 잊었는가.

재깔재깔 떠들며 지나가는 학생들은
부모들의 근심 덩어리인가
자랑이며 자부심인가

어둠과 벗하는 나는
어이하여 잠을 잊었는가

이 밤에도
신의 은총과 사랑이
이슬과 함께 지면에 내리네.

고요한 이 밤처럼
아무런 탈도, 사건도, 사고도 없어
떠드는 이의 입만 잠들었으면 좋겠다.

춘곡 04
나는 고목이라오

짝사랑에 벙어리 냉가슴이요
님 그리는 이내 심정
속이 다 타서 비어버린
곡목이 되어
이제나 오시려나
저제나 오시려나

가는 세월을 누구라서 잡아두겠소
불혹을 지나 지천명으로 가는 길목에 선
님 그리는 고목이라오.

한때는 내게도 좋은 시절이 있었다오.
많은 이의 사랑받고
꿈 많고 할 일 많은
잘나가는 동량이었다오.

이제는 길목에 서서
옛일을 추억하며
님 그려 기다리는
그늘 없는 고목이라오.

님 꽃

꽃의 향이 좋다지만
꽃이 아름답다지만
그게 어디 내 님만 하겠소.

꽃 없인 살아도 님 없이는 못 산다오.
끈적끈적한 인연으로 맺어진
님을 보고 있노라면

내 짧은 평생에
꽃들 속에서
이렇게 어여쁜 꽃을 보았는가.
꽃들 속에서
님의 체취 같은 향을 맡아 보았는가.

세상에서
님의 모습이 가장 아름답더이다.
님의 체취가 가장 좋더이다.
내가 사랑하는
내 님이기 때문일 게요.

잠 못 이뤄 님 그리는 밤

잠 못 이뤄 님 그리는 밤
바람이 내 방 창을 흔드는 소리가
잠 못 이루는 내 마음을 더 서럽게 하는구려
님 그리워 잠 이루지 못하고
나의 마음 까만 숯덩이가 되었다오.
하얀 태양이 뜰 때까지
온통 머릿속엔 숯덩이로 쓴
님을 향한 그리움의 편지만이
가득하다오.

님 옆을 그냥 지나가다

지나는 길에
내 님이 사는 곳을 지나가다가
느닷없는 간절한 님 생각에 찾고자 하였으나
내 님에게 폐가 될까 싶어
그냥 지나갑니다.

가슴 속에 님의 형상만 커다랗게 새겨두고
님 향한 그리움만 남겨두고

아픈 여운만을 남겨서
더욱 간절히 님을 생각하고
사랑하려 합니다.

춘곡 08
아직 끝나지 않은 사랑

저 높은 하늘과 홍산紅山을 알고 있겠지
혹여 내 님도 알고 있으려나
아직 끝나지 않은 내 사랑을

내 님은 표독하여 나의 접근을 막지 않아도
눈감으면 내 눈 속에 가득 님의 모습 들어있고
눈뜨면 하늘에 그려지는 구름 모양이
온통 내 님의 모습인 걸

생각하면 가슴이 저려 슬프게 하고
생각을 떨치면 내 마음은 여전히
님의 모습을 찾고 있어
오늘도 잊으려 술잔을 비우나
잔 속에도 내 님이 들어 있구나

처음 그대로 지금까지 사랑하였고
내 생이 다하는 날까지 당신을 그릴 것이오.

낙엽은 길 위에 떨어지고

낙엽은 길 위에 떨어지고
바람은 이리 굴리고 저리 굴려
정처 없이 쓸어가고

아
떨어진 낙엽이여
갈 곳을 몰라 방랑하는가.
흔적을 둘 곳 없어 떠도는가.

발에 차이고 밟혀
온몸이 부서지고 찢겨도
내년을 잉태키 위하여
한 몸
흔적도 없이 썩고 흙이 되어
밑거름되리니

생명아
나를 덮고 매서운 겨울을 견디거라
봄비가 내리는 날
생명을 해산하고
날 잊고 봄을 맞이하라.

춘곡 10

가로등 아래 아카시아 핀 밤

주광색 전등 밝혀놓고
하얀 이 드러내어
환한 미소로 다가오네.
작년에도 와서 연애하자 하더니
올해도 또 왔구려
작년
그대의 체취가 지금까지
내 코끝에 남아 있는데
내 어찌
그리며 기다림이 그대보다 덜하였다 하겠소
많이 보고 싶었소
그대 만나면 하고픈 말이 있었는데
그 말은
그대 너무 예뻐서 숨겨두고 나 혼자만 보고 싶소
그대 이름은 아카시아여.

엽서

길 가다가 불현듯
그리움에 엽서 한 장
사들었습니다.
빼곡히 사랑한다고
또 사랑한다고 쓰고는
주소란에서 펜이 멈추었습니다.

내 마음에 구멍을 낸 그 님이
좋은 기억 밖에는
주소를 모르겠습니다

생각 끝에 주소를 씁니다.

춘곡 12

마음 머무는 곳에 몸도 머물고

구름은 바람에 실려
하늘을 유람하고
이내 몸은 마음 따라
길을 나서네.
내 마음 머무는 곳에
몸도 머물고
벗과 함께 한 잔 술이 있으면
나는 족하네.

봄볕 좋아

냇가에 봄볕이 좋아
산들바람과 동무하여 산보를 했다네.
뚝싱이엔 개나리와 목련이 손 까불고
낮은 곳 가장자리에 모를 할머니들이 가꿔놓은
하루나 노랗게 꽃피웠네.

세잎클로버 무더기 모여 앉아
지나는 길손
행복을 빌어 줄 때
그중 한 놈이 네 잎 달고 높이 솟아
행운을 노래하네.

매꼬 모자 푹 눌러쓰고
미나리 뜯는 아낙의 손길은 분주한데
차가운 물 졸졸 흐르는 시내는
은애하는 이를 부르는 연가
돌 틈새로 노래하는구나.

춘곡 14

봄비 내리는 날에

4월도 다 가서 5월과 교차하는 날에
봄비 흡족히 내렸으니
동산에는 소쩍새 울겠고
노랑나비 부활하여 춤을 추겠네.
이제는
만물이 소성하여
푸르름으로 세상을 덮으리라.

춘곡 15

두부와 묵은지

후끈 달아올라 뜨거워진 두부가
묵은지의 치마에 싸여
동굴 속에서 함께 뒹굴고
참이슬이 촉촉이 내리는
황홀한 밤입니다.

설왕설래
둘이 하나가 되었고
깊은 나락으로 빠져듭니다.
오르가슴으로 가득한 두 눈엔
알 수 없는 이슬이 고입니다.

혜민惠珉

- ○ **본명:** 우종준禹鐘浚
- ○ **출생:** 1962년 충북 충주
- ○ **거주:** 본향
- ○ **경력**
- - 월간 『문학바탕』 시 부문 등단
- - 한국이삭문학회 문학상 수상
- ○ **현재**
- - 이삭문학회(충주 문학관) 운영위원
- - 시몽시인협회 문학위원장
- ○ **메일:** wjj0206@hanmail.net

- ○ **공저**
- - 제01집 시몽시문학 '사랑해' 외 5편(2008. 9.)
- - 제02집 시몽시문학 '마음에' 외 6편(2009. 3.)
- - 제03집 시몽시문학 '어미의' 외 5편(2009. 9.)
- - 제04집 시몽시문학 '갈무리' 외 4편(2010. 3.)
- - 제05집 시몽시문학 '봄햇살' 외 4편(2010. 9.)
- - 제06집 시몽시문학 '고독한' 외 6편(2011. 3.)
- - 제07집 시몽시문학 '중년의' 외 6편(2011. 9.)
- - 제08집 시몽시문학 '창밖에' 외 6편(2012. 3.)
- - 제09집 시몽시문학 '새벽에' 외 6편(2012. 9.)
- - 제10집 시몽시문학 '새벽길' 외 6편(2013. 3.)
- - 제11집 시몽시문학 '봄날에' 외 6편(2013. 9.)
- - 제12집 시몽시문학 '해맞이' 외 6편(2014. 3.)
- - 제13집 시몽시문학 '여름낮' 외 6편(2014. 9.)
- - 제14집 시몽시문학 '잠들지' 외 6편(2015. 3.)
- - 제15집 시몽시문학 '수대덕' 외 9편(2018. 6.)
- - 제16집 시몽시문학 '새벽비' 외 9편(2019. 9.)

뒤뜰의 농원

볼품없는 뒤뜰이지만
만물이 소생하는 봄이 오면
이름 모를 풀꽃들이 소담스럽게
피어나기도 하며

연두색 잎들이 예쁘게
해님의 입김으로 반짝반짝
윤기 나는 감나무 대추나무 등이 있고

텃밭에는 비닐 옷 깔고
줄을 지어 푸성귀 심어
그렇듯 잠잠의 재미도 보고

땅의 기운 받은 모종들
생기 돋아 시야의 즐거움이
입가에 미소 짓게 합니다

혜민 02

봄비

밤새 몰래 내린 비
수줍은 듯 미안함의
표현일까요

푸르름 한껏 방출하니
싱그러움 반짝반짝
해님 방긋

단비라 하기에는
조금 모자란 듯하지만
기분 좋은 바람으로 충족합니다

봄은 설렘이다

우선 노란 색칠부터
개나리 주둥이 삐약삐약

벙그는 민들레도 초록 눈썹
화사하게 얼굴 내밀어 방긋방긋

이른 봄부터 산세 헤집으며
수줍게 피어난 생강꽃도 힐긋힐긋

연분홍 저고리 입은 진달래도
볼 터치로 붉게 물들이고

온 산야 배회하는 산 사람들
마음 홀리기에 여념 없고

보라색 제비꽃은
겸양이라는 꽃말처럼 예쁘듯

자연을 마음대로 표출하기에
봄은 설렘이다

혜민 04

뒤뜰의 오늘

뒤뜰에 비가 내리니
작은 봄꽃들이

화사한 모습 감추고
온몸으로 비 맞으며

텃밭 고랑 비닐 투명 옷 입고 길게 누워
상추, 쑥갓, 당귀 등이 곱게 피니

투둑투둑 빗방울 퉁김에
생기 북돋우며 싱그럽게 노래한다

삶의 소풍길

하늘 바람 구름
유유히 흐르는 강물처럼

세속에 묻혀 유랑하는 삶
가끔은 여린 풀잎처럼
부드럽게 순풍에 돛 달지만

때론 거친 태풍처럼
휘몰아 난관에 부딪혀
속수무책일 때도 있다

하지만 살다 보니
요즘은 어떻게든 살아가니

소풍 나서는 마음은
늘 설렘이다

혜민 06
생각은 깊어지고

뒤뜰에 해님 내려앉아
나른한 날

파릇파릇 봄 부르지만
설레는 마음보다

무거운 기운 서걱거림에
사회활동 거리 두기에 선 요즘

마음도 몸도 지쳐가니
생계가 걱정이다

냉이의 꽃말

모든 걸
당신에게 바친다

예쁜
친구 마음처럼

겨울을 튼튼하게 이겨내고
언 땅 스르르 녹여내려
이른 봄 햇살 받으면

하얀 꽃 앙증맞게 피워
맘 설레게 하니
봄 캐는 아낙네들 손놀림 분주하다

옹기종기 둘러앉은 밥상머리에
구수한 냉이된장국 극찬하니
화사한 웃음꽃 피어난다

혜민 08

무지개

일곱 살 때
아빠와 어린이집 가기 전
무지개가 하늘에 떠 있는 것을 보았다

어렸지만 신기하다고 말했더니
아빠께서 말씀하시기를

비가 내리고 그치면
무지개가 생긴다고 빨주노초파남보

고개 끄떡이며 어린이집에 앉으니
무지개에서 음악이 들리는 것 같았다

조카의
예쁜 마음입니다

2월의 봄

친구가 보내온 봄
눈물 머금고 핀 매화
사랑이 봉긋봉긋

나른한 오후
봄 부르는 비님이
지나간 뒤뜰의 속삭임

흙내음 한껏 품어 안고
생동감에 젖어 기지개 켜며
봄맞이 나서네

혜민 10
동생의 20일

농협에서 받는
건강검진에서 위암이라는
불청객을 알게 된 후

오늘 시술하기까지의
무수한 생각 속에
잠자는 것도 먹는 것도 잊은 채

어떻게 시간이 지나갔는지
아침저녁의 걷기 운동마저 잊고
핼쑥해진 배 움켜잡으면서

아픔 없는 아픔으로
온 마음을 뒤흔들어 대며
지금껏 살아온 날들보다

20일에 묶인 그 속으로부터
뾰족뾰족 촉 세웠던 날들을
이제야 홀가분하게 내려놓습니다

고운 인연

살갑게 다가선 예쁜이들
덕분에 오늘이 행복이고
즐거움입니다

요즘같이 코로나 19로
거리 두기 조심해야 함에도
정녕 보고 싶었기에

기어이 만나
하하 호호 웃음 방출에
면역력 키우며

마스크를 꾹 눌러쓰고
환상의 분위기에 젖다 와도
또 가고 싶어지는 유혹입니다.

혜민 12
밤에 핀 꽃

곱게 물든
열정의 시간이 다가오면

까만 밤 하얗게 철썩이는
파도 되어 부서지고
화사한 꽃비 내립니다

시큰둥 봇물 터지듯
짜릿함이 실핏줄에 올올이
치마 속 들춰내면

올곧은 자신감이 차
거대한 상징이듯
사랑은 하나가 됩니다

하얀 백지 위에 면사포 그려지고
까만 턱시도의 당당함이 여울져
생명의 발원지가 됩니다

비즈 팔찌 선물

안개꽃처럼 맑고 순수함이
잔잔하게 몰려드는 자연의
아름다움입니다

요즘처럼 어둡고 절박함이
틈새 용돈 벌이하는 학생들의
예쁜 마음입니다

나이를 잃어버린 성년처럼
본연의 지고지순한 천상의
마음일까요

어느 금은보화보다 더욱더
찬란하고 화려함이
사랑이고 행복입니다

혜민 14

청목 잔치국수

늘
문학책이 꽂혀있고
시화작품이 인사하는

늘
잔잔한 음악이 흐르고
손님들의 쉼터가 되는

오는 손님 편안하고
가는 손님 다시 오는
이 아름다운 곳에

감칠맛 나는 국수의 맛과
더 아늑한 예술의 혼을 위해
늘 희망의 꿈을 꾸미고 싶다

가을 옆에 앉아

사색에 물든
단풍나무
아래

유독 힘들었던
한 해가
지나가고

추억에 젖던
행복의 시간을
다시금 돌아본다

혜원惠園

- **본명:** 최인순崔仁順
- **출생:** 1960년 강원 춘천
- **거주:** 경기 용인
- **현재:** 시몽시인협회 기획위원장

○ **공저**
- 제16집 시몽시문학 '담소정' 외 9편(2019. 11.)

청계

겨우내 얼어붙었던 계곡
우수에 마음 풀고
흐르는 날

원터골 계곡물 끼고
산자락 따라 오르며
청아한 물소리에
마음 씻어

그 옛날 돌산은
풍파에 깨지고 부서져
오르내리는 계단으로 자리 잡고

자리 잡지 못한 작은 돌들은
그 누구의 소망이 되어
높은 탑이 되었구나

봉긋한 봉오리를 담은
진달래 능선을 돌아서니
저 멀리 도봉산 북한산의
수려한 봉우리가 보이고

작은 정에는
가을 나뭇잎이
반영속 나무가 제 것인 양
매달려 있다

예쁘고 작은 돌 하나 주워
소망 하나 올리고
진달아가씨 활짝 웃는 날
다시 오마 약속하고

산자락 따라 내려오며
달래 냉이 봄나물 챙겨
봄을 모신 저녁 밥상엔
봄향기가 한가득 퍼진다

강촌 문배마을

햇살 좋은 겨울

구비구비 산을 돌아
정겨운 구옥 몇 채가
굴뚝 연기 내뿜는
문배마을을 찾았다

마을 어귀엔
얼어붙은 작은 연못이
욕심 없는 하얀 마음으로
손을 반긴다

가을에
수줍은 코스모스길을
따라가다 보면
미련 없이 물줄기를 떨구던
아홉구비 폭포를 만날 수 있었는데

그 산줄기를 따라
자리잡은 곳
소박한 문배마을

산중에서 그들은
전쟁이 난 줄도
모르고 살았단다

도토리묵 무침과
촌두부 안주에
동동주 곁들인
벗과 함께 나눈 정은
심산에 묻고

세상에서 품은 마음도
높은 산자락 따라 내려오며
같이 슬며시 내려놓는다

하늘까지 닿았던
겨울 찬바람은
내려놓은 부끄러운 마음을
소리 없이 몰고 간다

항아리

배불뚝이 항아리
입이 큰 항아리
몸이 긴 항아리

저마다
자기만큼의 하늘을 이고
숨을 쉬고 있다

뚝배기로 약탕기로
질그릇으로 장독으로
자기 역할을
묵묵히 해내고 있다

호리병의 날렵한 허리도
매끄러운 몸매도
부러워하지 않고

도자기의 고운 빛도
멋진 문양도
탐하지 않는다

넉넉한 마음 지닌 채
익어가는 소리를 들으며
긴 기다림만 익숙할 뿐이다

잘 익은 간장독을 보면
올해 모든 일이 잘될 거라 했고
뒤집힌 간장독을 보면
올해 무슨 일이 있으려나
한 해 운을 담은 독이기도 했다

장독대에 올라가
요리조리 잡기 놀이는
어머니의 마음을
조이기에 충분했고

무심코 던진 돌은
옆집의 한 해 간장을
몽땅 쏟아붓기에 충분했다

기다리는 마음도
조아리는 마음도
넉넉한 마음도
모두 담아내야 하니
배불뚝이 항아리는
어머니의 마음이다

산다는 건

얇은 커튼 사이로
하루만큼의
아침 빛이 새어들고

밤의 자식들은
빛 속으로 숨어 버린다

그렇게
하룻밤을 토하듯 보내고
새 빛을 맞이하지

또 하루만큼의
역사가 시작되고
숨 가쁘게
하루를 살아

시간과 공간 속에
내 자취를 살짝 걸쳐 놓고

푸른 산에
붉은 석양 깃들어
파란 하늘 물들이듯

지구 한편에
내 색깔 들이고
인생 그림 그리다

긴 한숨 토해내고
돌아가는 것

산다는 건
세상 들판에
내 그림을
아직도 그리고 있다는 의미

내 안에 풍선

내 안에 무엇이 있길래
편히 쉬지 못하는가!

욕심 없는 마음에
자리 잡은 욕심과
원초적 본능에
맞서는 양심자아본능

내 안에
또 다른 내가 있어

풍선 하나하나에
헛된 것 불어넣고
세상 떠돌다
그렇게 펑 터뜨려
작은 파편으로 떨어질 것을

욕망을 꿈이라 가장하고
욕심을 열정이라 가장한 채
그 어디에 흩어질 이름으로
오늘을 채우는가

공간 속에서
하루하루가 가고
인식에 대한 대변혁을 일으킨
상대성원리가 아니더라도
모든 것은 지구 내부에서
당기는 강력한 힘에 딸려
결국은 땅으로 돌아갈 것을

그래도 스피노자의 위대하신 말씀
내일 지구의 종말이 오더라도
나는 한 그루의 사과나무를 심겠다던

고로
나도 하루라는 나무를 심겠다

일탈

먹먹한 하루를 보내고
일탈의 길을 떠난다

사는 게 즐거운 것만은 아니라서
가끔 무거운 삶을
털어 버리고 싶을 때
내가 찾는 방법이다

가방엔 노트 한 권과
크게 틀어 놓고 들을 수 있는
클래식 음반 한 장
흘러간 올드팝 하나 챙기고

찬바람을 막아줄 숄을 준비하고
두고 볼 풍경을 담을 사진기를 태우고
삶의 시동을 건다

가끔은 창문을 열어
찬 공기에 정신 차리며
풍경 따라
흐르는 마음 따라
눈을 채우고
마음을 채우며
채워지는 만큼
또한 비워 가며

하늘 보고 들판 보며
강줄기 따라가다
푸른 바다 이르러
찰싹찰싹 때리는 파도에
아파도 보고
하얗게 부서지는 파도에
답답해진 마음도 부수며

그렇게 하루
살아가기 위한
최소한의 마음을
글 속의 언어로 채우고
먹먹한 마음을 풀어 본다

아침 빛

어둠을 뚫고
밤새 달려온 빛은
너를 조금씩
내려놓고 있어

너를 만나기 싫은 아이는
돌돌 말은 이불 속에서
자라목을 하고

너를 고대하던 만물들은
마음 문 활짝 열고 고개를 돌리지

서걱서걱 얼어붙은 성에에
반짝이는 수정 별을 선물하고

수줍게 피어나는 빨간 볼로
넓고 푸른 바다를 흥건히 적시는

너는 청보라이기도 하지
맞이하는 마음에
희망을 품게 하는

은실 금실을 엮어
나체를 살짝 가리고
얇은 커튼 사이로
살며시 들어올 때

나는 너를 안는다
밤사이 내려놓은 빈 가슴에
한 가닥 빛으로

밤의 빛

어둑어둑 내리는
밤의 빛 사이로
붉은 석양의 기운은
부분일식 마냥
검게 변한 산자락 위로
곱게 드리운다

채워진 어둠의 빛 사이로
도시의 불빛은 하나둘
모습을 드러내고
길 떠났던 상념들은
하나둘 어둠 속으로
조심스럽게 기어들어 온다

삶의 갈피 속에
묻어 두었던 기억들은
묵은 책에서 나는 냄새 마냥
유쾌하지 않은 냄새를 풍기며
어둠의 시간에 자리 잡고

묵은 상념은
밤의 자식이 되어
밤새 쏘다니다
피어나는 안개가 되어
빛 속으로 자취를 감춘다

혜원 09
재회

흐르는 세월 속에
가고 오는 계절을
거스를 수는 없어

보내고 맞이함의
자연의 섭리 속에

이처럼
아름다운 빛을
내 생애
다시 낼 수 있을까

가장 찬란하게
곱디고운 빛 간직한 채
고달픈 삶 속에 찾아온
또 다른 생으로

하얀 눈길 헤치고
꽃샘바람 비켜서
다시 만나는 날

여린 초록 사랑이
가을빛으로 익어갈 때까지
놓치지 말자
이제 다시는…

혜원 10
비뚤어진 창작

평범하고 흔한
언어가 포장되어

거꾸로 가자
쉬운 길 말고

머리 자르고
꼬리 잘라내고 짧게 가자

이것은 저거라 하고
그것은 이거라 하고

공감의 미련은 버리자
그래야 독창적이라 할 테니

깊은 심성에서 꺼낸 언어로
밑바닥 감성을 표현하자

마음을 난도질하고
감성을 폄론하고
대중에 가치를 두는

비뚤어진 창작에
저들이 박수를 보낸다

그 자체가 창작인
대자연이 웃는 행위를
서슴지 않고 한다

소위
그들이
훌륭한 시인이란다

허울

겉만 꾸미는
아니면
속만 가꾸는

타인을 의식하며
아니면
자기 고집대로

각자의 탈을 쓰고
인생굿을 한다

수많은 별을
다 헤아리지도 못하면서
우주를 연구하고

공기 하나 없이
생명을 지킬 수도 없으면서
지구를 지킨다 한다

너무 커도
너무 작아도
보지 못하면서
보이는 것만 믿으려 하고

너무 커도
너무 작아도
듣지 못하면서
들리는 것만 진솔하다 한다

부푼 풍선 띄워 놓고
고개 들어 좋아라 한다
바늘구멍 하나에
볼품없이
쪼그라드는 현실 앞에

삶에 대한 적응이라고
적절하게 가장한 채
허울의 두께만큼
겹겹이 쌓인 가면 속에서

덩기 덩기 덩덕쿵
한바탕 놀아나는
마당굿 하회탈이다

혜원 12
흐린 세상

하늘과 땅 사이
거대한 미꾸라지 한 마리가
세상을 온통 흐리게 했다

흐린 세상 사이로
빠른 세파의 이동이
강한 바람을 만들고

다 날려 버릴 것 같은
위풍당당함에
맞서는 이 누구인가!

민초는 쓰러지듯
눕다 다시 일어나지만
거목은 버티는 듯
한 번 쓰러지면
다시 설 수 없으니

너무 센 척도
너무 강한 척도
하지 말지라

밟히는 민초
악 소리 못하고
숨죽이고 있음을

하늘이 알고
땅이 기억하고 있음이라

혜원 13

그대는 비

젖은 바람이 분다

바람은 향기 담은
아카시아꽃을 날리고
담 너머 피어오르는
넝쿨장미의 붉은 마음을 흔든다

등이 휜 구름 사이로
삶의 무게를 못 이기는
아픈 빗물이 새어 들고

그대 마음 한편에
깔아 놓은 하얀 손수건에
그리움으로 꽉 찬
눈물이 밴다

그대는
젖은 바람으로 다가와
비 되어 흐르다

찰랑찰랑
고인 빗물이 되어
가슴에 파도친다

몹쓸 비 되어…

혜원 14

훗날

붉은 해 한 덩이가
한 해를 꽉 채우고
푸른 산에 드리운다

만 가닥 못다 푼 한은
금타래로 엮어서
비단을 짜고

다하지 못한 정은
붉은 해 드리운
푸른 산에 묻노니

친구여!
세월 쌓인 먼 훗날
주저 말고 한 필씩
골라 가구려

마지막 달

한 장의 두께만큼
서른을 채우고
또 다른 서른을 맞이하며
그렇게 열한 장을 넘기고
가벼워진 달력만큼
가벼이 가버릴 한 해

적당한 일들이 있었고
적당한 웃음이 있었고
적당하게 맛깔스러운
삶도 있었다

마무리는 무엇이며
또한 시작은 무엇인가

오고 가는 시간과 세월 속에
묻고 갈 것은 무엇이며
희망을 포기라는 단어로
홀 훌 가볍게 버릴 것은 무엇인가

선택과 결정 속에서
최상의 삶이기를
늘 바라며
오늘도
십이월의 하루를 맞이한다